LA RÉVOLUTION DES DAMNÉS

Melody Cisinski

La Révolution des Damnés

1. Le Chaos

Robinson

À Charlie...

Dépôt légal : janvier 2021
Achevé d'imprimer en janvier 2021
imprimé par Estella Graficas, en Espagne
2838194/1 - ISBN 978-2-01707-647-6
Loi n° 49956 du 16 juillet 1949 sur les publications destinées à la jeunesse.

EH BIEN, NIKITA. LA BOUCLE EST BOUCLÉE. MOURIR ENSEMBLE, AU FOND DE CE LAC QUI NOUS A VUS NAÎTRE.
ON A EU BEAU TOUT ESSAYER, NOS DESTINS SONT RESTÉS INSÉPARABLES.
ÇA ME VA, MAIS BON, IL ÉTAIT TEMPS QUE ÇA S'ARRÊTE, JE PENSE QUE TU SERAS D'ACCORD.

PARDONNE-MOI, NADYA.
ON ÉTAIT UN PEU UNE FAMILLE, TOUS LES DEUX...
ON S'EST TENUS COMPAGNIE, COMME DEUX ÉTOILES ISOLÉES AU FOND DES CIEUX.
C'EST VRAIMENT VACHE DE TE LAISSER SEULE.
ME T'INQUIÈTE PAS. NI LA MORT NI LA GLACE NE POURRONT DÉTRUIRE CE LIEN ENTRE NOUS.
MERCI À TOI, PETITE FILLE... GRANDE PERSONNE.

COMMENT J'AI PERDU MON ÂME, ET COMMENT JE L'AI RETROUVÉE ?
COMMENT LE DESTIN S'EST JOUÉ DES VIES D'UN COSAQUE ANARCHISTE,
D'UNE PRINCESSE TSARISTE ET D'UN SALAUD BOLCHEVIQUE ?
JE VAIS VOUS CONTER CETTE HISTOIRE.

PREMIÈRE GUERRE MONDIALE.
C'EST DURANT CETTE BOUCHERIE
QUE NOUS, LE PEUPLE RUSSE,
AVONS RETROUVÉ NOTRE FIERTÉ,
OUBLIÉ NOTRE IMPUISSANCE.
NOUS ÉTIONS MAGNIFIQUES.
EN 1918, NOUS AVONS CHASSÉ LE TSAR.
MAIS C'ÉTAIT SANS COMPTER SUR
LA CUPIDITÉ DES POSSÉDANTS, LES "BLANCS"
TSARISTES, QUI CHOISIRENT DE S'ALLIER
AUX PUISSANCES ÉTRANGÈRES PLUTÔT
QUE DE NOUS CÉDER LEUR
SOUVERAINETÉ.
QUANT À MOI, JE LUTTAIS
AUX CÔTÉS DES ANARCHISTES
SOVIETS, LES "VERTS", RÊVANT DE
L'ÉMANCIPATION DE TOUS LES HOMMES.
D'UN PEU DE DIGNITÉ ET DE BONHEUR.
NOUS ÉTIONS NOMBREUX, MAIS DÉSORGANISÉS,
ET AVONS DÛ NOUS ALLIER AUX "ROUGES", LES
BOLCHEVIQUES, MINORITAIRES MAIS FIN STRATÈGES.
LEUR "DICTATURE DU PROLÉTARIAT",
ON S'ARRANGERAIT PLUS TARD AVEC.
QUELLE NAÏVETÉ QUAND J'Y PENSE
ILS ASSASSINÈRENT LA FAMILLE
TSARISTE LA MÊME ANNÉE.
ON AURAIT DÛ SE MÉFIER, SE POSER
PLUS DE QUESTIONS MAIS, À CE
MOMENT-LÀ IL Y AVAIT PLUS URGENT

C'EST EN 1921 QUE TOUT A BASCULÉ,
PLUS PRÉCISÉMENT AU NORD DE L'OBLAST TSARISTE DE MOURMANSK, NOUVEAU PORT MILITARISÉ.
JE ME SOUVIENS Y AVOIR APERÇU DÈS MON ARRIVÉE CE MYSTÉRIEUX TRAIN BLINDÉ "BLANC" À L'ENTRÉE DE LA VILLE, STATIONNÉ DEPUIS DES MOIS.
ET, TOUT AUTOUR, DE NOMBREUX SOLDATS S'EMBOURBAIENT DANS LA NEIGE ET L'ENNUI.

UN DE MES COMPATRIOTES ÉTAIT PARVENU À ME RETROUVER DANS L'UNE DES DÉLICIEUSES MAISONS JOUXTANT LE PORT.
REGARDE-MOI CET AGNEAU.
TU CHERCHES L'AVENTURE ?
HUM. CAMARADE YURI...
AU SUJET DE L'ENTREVUE AVEC TU-SAIS-QUI...
LES CAMARADES T'ATTENDENT DEPUIS HIER ET...
HEY, GAMIN, TU VOIS PAS QUE JE SUIS AU MILIEU D'UN TRUC, LÀ ?
SALUT, JOLI MINOIS, TU VIENS NOUS REJOINDRE ?

NAVRÉ DE VOUS QUITTER, MESDAMES. JE VOUS LAISSE LE PETIT. OCCUPEZ-VOUS BIEN DE LUI.
DÉJÀ ? ON TE FAIT MOITIÉ PRIX SI TU RESTES !
TE VOILÀ ! ON T'A CHERCHÉ DANS TOUS LES BORDELS DE LA VILLE.
PARDON, MES AMIS, J'AVAIS BESOIN DE PROFITER ENCORE UN PEU DE CES QUELQUES DOUCEURS.
...AVANT DE ME JETER DANS LA GUEULE DU "DIABLE", COMME VOUS DITES.
LE DIABLE, S'IL EXISTAIT, FERAIT PÂLE FIGURE À CÔTÉ DE NIKITA. LAISSE-NOUS T'ACCOMPAGNER.
TU SAIS BIEN QU'IL VEUT ME VOIR SEUL.
C'EST LA GUERRE QUI L'A ENDURCI.
AVEC MOI, C'EST DIFFÉRENT. ON S'EST CONNUS CRAPAHUTANT À QUATRE PATTES. SI TU CROIS QU'IL M'IMPRESSIONNE...
GROUMF !

OUPS ! EXCUSE-MOI, RIEN À VOIR AVEC LE MAJESTUEUX QUADRUPÈDE QUE TU ES.
LE LIEU DE RENCONTRE EST À SEVEROMORSK, UN CHANTIER NAVAL NON LOIN D'ICI.
SI JE NE REVIENS PAS D'ICI À UNE SEMAINE, PARTEZ OU VENGEZ-MOI, JE VOUS EN LAISSE JUGES. ADIEU.
C'EST BIEN LA PREMIÈRE FOIS QUE YURI SE MONTRE SI NAÏF.
POURQUOI TANT DE COMPLAISANCE POUR CE BOURREAU BOLCHEVIQUE ?
EN ROUTE, PLATON, JE VAIS TE PRÉSENTER UNE VIEILLE CONNAISSANCE.
PAS SÛR QU'ON S'EN SORTE, MAIS PEUT-ÊTRE POURRA-T-ON EN FINIR AVEC TOUTE CETTE MISÈRE.

POUR L'AMOUR DU CIEL, CAMARADE ! JE ME RATTRAPERAI…
IL Y A AUTANT D'AMOUR DANS TON CIEL QUE DANS MON NAGANT M1895.
NIKITA, TON HÔTE EST EN VUE.
CLIC
TU NE VOIS PAS QUE JE SUIS OCCUPÉ ?
JE FERAI PLUS ATTENTION, JE LE PROMETS…
JE PLAISANTE…
J'AI HÂTE DE RETROUVER CE CHER YURI. C'EST COMME UN FRÈRE POUR MOI.

EH BIEN... DEUX JOURS QUE JE T'ATTENDAIS. LES ANARCHISTES AURAIENT-ILS AUSSI RÉFORMÉ LE CALENDRIER ?
J'ÉTAIS UN PEU NERVEUX À L'IDÉE DE TE REVOIR... QUATRE ANS SE SONT ÉCOULÉS DEPUIS NOTRE DERNIÈRE RENCONTRE.
TOI, NERVEUX ? QUELLE BLAGUE !
TU ES SURTOUT ARRIVÉ COMME TU ES PARTI : À TA GUISE...
MAIS PEU IMPORTE. L'HEURE EST GRAVE.
JE CRAINS QUE TU NE PERDES VITE TON INSOUCIANCE.

ARGH ! JE VOIS ÇA ! ON DIRAIT PLUS UN CHARNIER QU'UN CIMETIÈRE...
COMMENT PEUX-TU DIRE ÇA...
MES SOLDATS SE SONT SACRIFIÉS AVEC UNE BRAVOURE TOUTE RUSSE, AU NOM DE NOTRE PROJET COMMUNISTE.
ET POUR QUELLE RAISON INVESTIS-TU CE NAVIRE À L'ABANDON ? CRÉER UN MONUMENT À TA GLOIRE ?
TSS... NAÏF. C'EST MON QUARTIER GÉNÉRAL, À L'ABRI DES OREILLES INDISCRÈTES.
TU PENSES QUE CES CADAVRES SONT ENCORE EN ÉTAT DE T'ESPIONNER ?
IGOR SERPOV !

OU PLUTÔT "L'INVINCIBLE" IGOR SERPOV ! NOTRE ANCIEN AMIRAL À KRONSTADT. TE SOUVIENS-TU COMME LES TSARISTES EN AVAIENT PEUR ?
VOILÀ BIEN LA PREUVE QUE LA NATURE EST SOCIALISTE. TOUS ÉGAUX DEVANT LA TUBERCULOSE !
REPOSE EN PAIX, IGOR. LE BATAILLON DE KRONSTADT TE SALUE.
POURQUOI TANT D'HONNEUR ?! TU SAIS BIEN QU'IL N'Y AVAIT PAS QUE DE BRAVES MARINS LÀ-BAS...
TU TE COMPTES DEDANS, J'ESPÈRE ?
JE VOIS QUE MÊME NOTRE AMITIÉ T'EST ÉGALE DÉSORMAIS... C'EST DONC ÇA, LA LIBERTÉ SUPRÊME ?

JE ME FOUS BIEN DU PASSÉ, ET EN PARTICULIER DE NOTRE PASSÉ COMMUN...
À LA LIMITE LE PRÉSENT M'INTÉRESSE. D'AILLEURS, SI ON POUVAIT SE PRESSER UN PEU, JE...
TAC
ÇA VA ! ÇA VA !
ÉPARGNE-MOI TON "NI DIEU, NI MAÎTRE".

"NOTRE PASSÉ COMMUN" ? TU VEUX PARLER D'ELENA...
COMMENT POUVAIS-JE L'OUBLIER... CETTE FÊTE DANS NOTRE VILLAGE PAUMÉ AU MILIEU DU LAC KITÈJ. ON N'AVAIT PAS QUINZE ANS.

C'EST ÇA, TON PROGRÈS ?! SE LIBÉRER DE L'ESCLAVAGE DES HOMMES POUR MIEUX DÉPENDRE DES MACHINES ?
LA LÂCHETÉ DU CHEVAL FACE À LA MORT, VOILÀ LE RISQUE.
TANDIS QUE, L'ARTILLERIE, ÇA VA, ÇA VIENT, ÇA SE REMPLACE.

C'EST AINSI QU'ON GAGNE LES GUERRES AU XXE SIÈCLE.
POURQUOI SE BATTRE S'IL NE RESTE QUE DES ENGINS SANS ÉMOTIONS ?
AUCUNE MACHINE NE CRÉE SPONTANÉMENT LE CHAOS. LES DÉSIRS HUMAINS, SI.
LA MACHINE RENDRA L'HOMME PLUS RATIONNEL, ASSAGIRA SON ESPRIT, AMÉLIORERA SON CORPS, ÉRADIQUERA SES MALADIES.

SHLAF
DES CADAVRES TSARISTES ! À L'AIR LIBRE ? QUELLE CRUAUTÉ !
LE VENTRE DES CORBEAUX EST UN TOMBEAU POURTANT BIEN CONFORTABLE POUR CES OPPRESSEURS.
ILS ONT JUSTE SUIVI LES ORDRES, ESCLAVES DE LEURS GÉNÉRAUX... JE NE PEUX PAS TE SOUTENIR DANS CETTE FOLIE.
PAS DE PROBLÈME.
ÇA NE SERA PAS LA PREMIÈRE FOIS QUE TU TE DÉFAUSSES.

MÊME SI JE NE T'EN TIENS PAS RIGUEUR.
MA VIE PERSONNELLE NE COMPTE PAS. SEULE LA NATION RUSSE IMPORTE.

EN 1905, TU AVAIS ENCORE UNE VIE "PERSONNELLE", TU VENAIS DE TE MARIER AVEC ELENA.
LA GUERRE CONTRE LE JAPON VENAIT D'ÉCLATER. ON S'EST ENRÔLÉS DANS LE BATAILLON DES MARINS DE KRONSTADT.
NOUS PASSIONS UNE DERNIÈRE JOURNÉE À QUAI, AVANT D'EMBARQUER SUR NOTRE NAVIRE, LE "BORODINO".

Таверне
DZZZZZZ ZZZ

KKKRRRAAAAAK

APPROCHE.
ICI, NOTRE CAMPEMENT, SEVEROMORSK.
EN SUIVANT LES RAILS VERS LE SUD, ON ARRIVE À MOURMANSK, UN OBLAST INFESTÉ PAR LES ARMÉES BLANCHES.
À L'INTÉRIEUR STATIONNE DEPUIS DEUX MOIS UN TRAIN.
À BORD RÉSIDE LE DERNIER REPRÉSENTANT DE LA LIGNÉE DES ROMANOV.

JE LES CROYAIS TOUS MORTS ?!
LES CIRCONSTANCES DE CE JOUR RESTENT CONFUSES... CE TRAIN BLINDÉ À L'ENTRÉE DE MOURMANSK M'A MIS LE DOUTE. PUIS J'APPRIS QU'UN NAVIRE ANGLAIS ARRIVERAIT ICI SOUS PEU, PROBABLEMENT POUR L'EXFILTRER.
...AFIN DE LE REMETTRE SUR LE TRÔNE D'ICI À QUELQUES ANNÉES...
TU AS TOUT COMPRIS.

QUELLE STRATÉGIE DE CREVARD !
MAIS EFFICACE !
LE PEUPLE RUSSE A TOUJOURS EU UN FAIBLE POUR LES SYMBOLES SACRÉS.
ATTENDS, LAISSE-MOI DEVINER LE SLOGAN :
"MONARCHIES DE TOUS LES PAYS, UNISSEZ-VOUS POUR REFONDER LE TRÔNE DE LA SAINTE RUSSIE..."
AUTRE CHOSE, MES HOMMES SONT SUR LE POINT D'ÊTRE ENCERCLÉS PAR DES TROUPES ALLIÉES AUX TSARISTES : ALLEMANDES ET AUTRICHIENNES.

LE KRONPRINZ EST À NOS TROUSSES.
LES CAMARADES N'AURONT PAS LA FORCE DE RÉSISTER SUR TOUS LES FRONTS. CET HÉRITIER DOIT DISPARAÎTRE AU PLUS VITE.
CAR SI NOUS RÉUSSISSONS À TUER LE DERNIER DÉMON TSARISTE...
...NOUS DÉTRUIRONS LEURS DERNIERS ESPOIRS.
ET, SANS ESPOIR, PAS D'UNITÉ.
PUIS NOUS VAINCRONS, ET NOUS ENTRERONS DANS MOSCOU COMME DES ROIS !

T'ES DRÔLE QUAND TU VEUX.
TU L'ÉTAIS BEAUCOUP MOINS LORS DE LA RÉBELLION, À KRONSTADT, EN 1917.
CLIC

PAW

RUSSLAND

MMM... CE TRAIN EST IMPRENABLE.
ILS SONT SURÉQUIPÉS... NOUS SOMMES TROP PEU NOMBREUX. CE SERAIT DU SUICIDE.
TES COSAQUES NE SONT PAS INVITÉS DE TOUTE FAÇON.
HEIN ?
TU N'AURAS COMME SEUL RENFORT QUE TA GOUAILLE LÉGENDAIRE. QUI T'A TOUJOURS TIRÉ D'AFFAIRE...
QUE CE SOIT AVEC LES COMMERÇANTS OU NOS PROFESSEURS...
...OU À L'ARMÉE, OÙ LA BÊTISE POURTANT RÉGNAIT EN MAÎTRE.
S'INFILTRER SEUL DANS CE TRAIN, POUR ASSASSINER EN DOUCE L'HÉRITIER DU TRÔNE...
VOILÀ TA MISSION, POUR ÉVITER TOUT BAIN DE SANG.

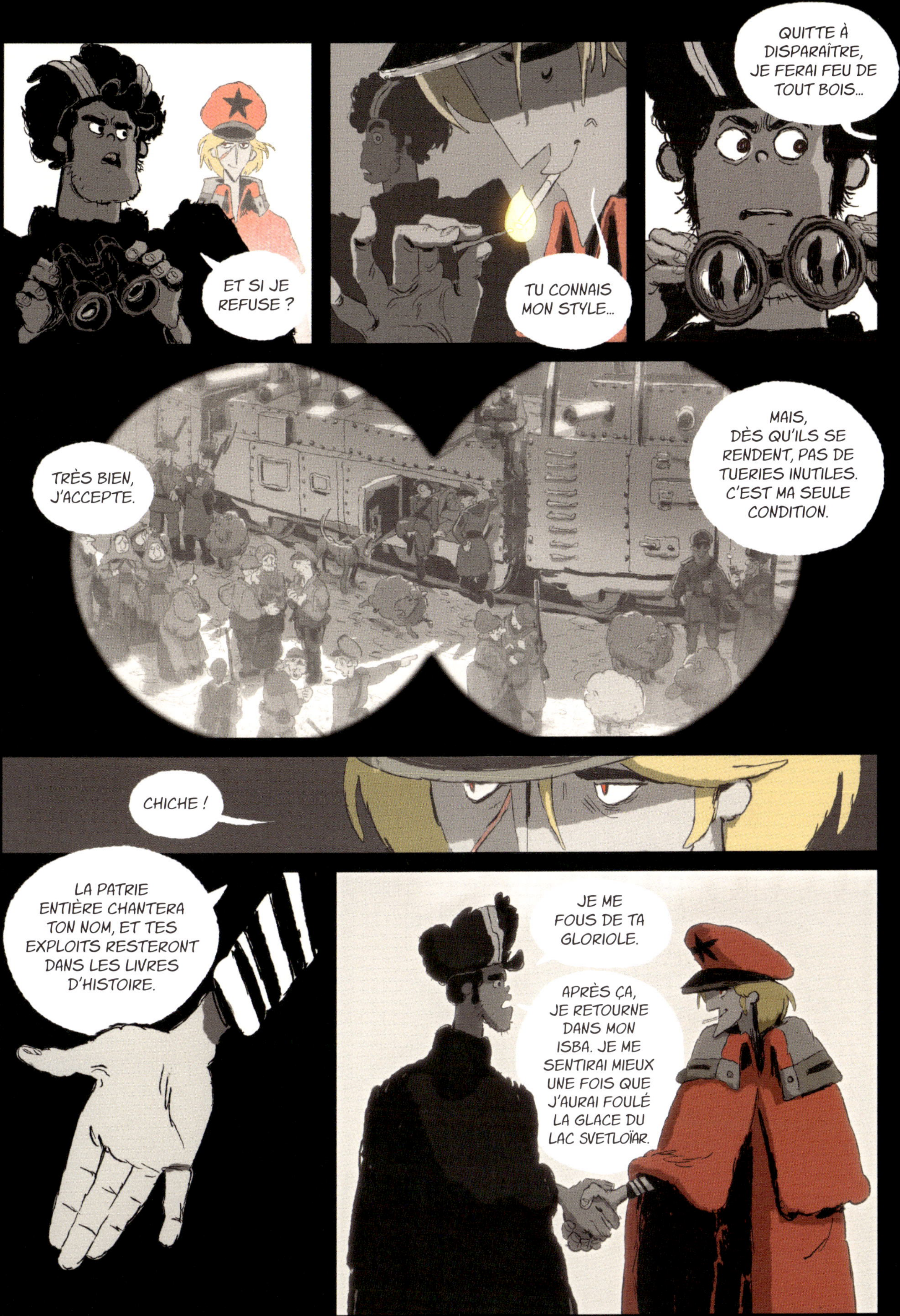
ET SI JE REFUSE ?
TU CONNAIS MON STYLE...
QUITTE À DISPARAÎTRE, JE FERAI FEU DE TOUT BOIS...
TRÈS BIEN, J'ACCEPTE.
MAIS, DÈS QU'ILS SE RENDENT, PAS DE TUERIES INUTILES. C'EST MA SEULE CONDITION.
CHICHE !
LA PATRIE ENTIÈRE CHANTERA TON NOM, ET TES EXPLOITS RESTERONT DANS LES LIVRES D'HISTOIRE.
JE ME FOUS DE TA GLORIOLE.
APRÈS ÇA, JE RETOURNE DANS MON ISBA. JE ME SENTIRAI MIEUX UNE FOIS QUE J'AURAI FOULÉ LA GLACE DU LAC SVETLOÏAR.

IL ME FAUDRAIT UN UNIFORME DE COSAQUE TSARISTE.
TU AURAS MÊME LE CHOIX DANS LES TAILLES.
ET, PLUS DÉLICAT, JE DOIS DÉTERRER UN MORT...
JE T'AI FAIT VISITER MES STOCKS...
J'AURAI BESOIN D'UN SIGNAL LORSQUE LA MISSION SERA "REMPLIE". POUR ATTAQUER.
T'INQUIÈTE, VA. TU SAURAS.

QUEL TALENT DE MANIPULATEUR !
ET NOTRE KOCHTCHEÏ ? IL GRANDIT ?
ET MOI QUI PENSAIS QUE TU VENAIS PRENDRE DE MES NOUVELLES...
IL DOIT MANGER PLUS DE CORPS, GRANDIR !
CE N'EST PAS FACILE D'EN TROUVER !
L'ART DE LA FLATTERIE, C'EST VIEUX COMME LE MONDE.
FOUS-MOI LA PAIX !
BIENTÔT LE MONDE DE L'AU-DELÀ S'ÉTENDRA SUR CELUI DES HUMAINS.
LAISSE-MOI LE TEMPS ! JE T'OFFRIRAI TOUS LES MORTS QUE TOI ET LE TCHERNOBOG DÉSIREZ.

JE SAIS CE QUE TU PENSES. C'EST UN ASSASSINAT...
MAIS VOIS TOUS CES PEUPLES MASSACRÉS.
JE VEUX CROIRE QUE CETTE MORT-LÀ PUISSE STOPPER TOUTES LES AUTRES.
ET... JE VEUX LE FAIRE POUR NIKITA,
POUR QU'IL RETROUVE LA PAIX.
ET QUI SAIT, PEUT-ÊTRE, RETROUVERAI-JE LA MIENNE ?

DANS QUEL BOURBIER JE T'EMMENAIS ENCORE, MON PAUVRE PLATON ! TOI QUI M'AVAIS REDONNÉ LE GOÛT DE VIVRE, APRÈS LE SUICIDE D'ELENA...

SHLAKK

PAW

PLAF

HIÎÎÎ
ARRÊTE DE RÂLER ! ON DOIT AVOIR L'AIR DE RESCAPÉS. TU PRÉFÈRES TE FAIRE ARRÊTER ?
ET MOI, JE NE SUIS PAS À PLAINDRE ? JE SUIS OBLIGÉ DE PORTER L'UNIFORME DE CE TRAÎTRE DE KORNILOV...
TOUT DOUX, J'AI DU MAL À VISER !
LE VOILÀ, TON SIGNAL, NIKITA.
JE PLANQUE ÇA ICI. PRENDS GARDE À ÉLOIGNER LES CURIEUX.

ON SE MARRAIT PLUS EN MAISON D'ARRÊT.
HALTE-LÀ ! MENDIANT, C'EST UNE ZONE MILITARISÉE, TU NE PEUX PAS ALLER PLUS LOIN SANS AUTORISATION.
JE VIENS INTÉGRER VOTRE RÉGIMENT.
MON NOM EST YURI, HEU, TRUCWITCH... SEUL SURVIVANT DU RÉGIMENT COSAQUE TSARISTE DE KORNILOV, VICTORIEUX DU BATAILLON ROUGE SERPOV.
SERPOV ? TU TE FOUS DE MOI ? AUCUNE ARMÉE N'A PU LUI TENIR TÊTE !
VOILÀ SA TÊTE DANS CE SAC, GAGE DE MA BONNE FOI.
MERDE, C'EST BIEN LUI !
COMMENT EST-CE POSSIBLE ?

VOUS PRÉFÉREZ FINIR EN SIBÉRIE PLUTÔT QUE DE POURSUIVRE VOTRE MISSION ?
OUI, MON GÉNÉRAL, JE PRÉFÈRE ENCORE RENCONTRER LE DIABLE.
TU VAS SURTOUT ME RENDRE MA PETITE AVANCE, VENYAZKY.
RETOUR À L'ENVOYEUR, LIEUTENANT KANTSEROV, VOUS PRENDREZ DE NOUVEAU LE POSTE DE GARDE DU CORPS DE SA MAJESTÉ.
MAIS, EUH...
OU BIEN VOUS DIREZ ADIEU À VOTRE PENSION. QU'EN PENSEZ-VOUS ?
B... BIEN ! À VOS ORDRES, MON GÉNÉRAL.
JE SUIS LIIIIIBRE HAHA !
PAS D'EXCUSE. ME SUIS-JE BIEN FAIT COMPRENDRE ?!
BIEN REÇU.
POUR LES MENACES, T'ES TOUJOURS CLAIR.

J'AI PAS LÉCHÉ TES SALES BOTTES POUR SUPPORTER CE CALVAIRE.
JE VAIS QUAND MÊME PAS DÉSERTER SI PRÈS DE MA RETRAITE. MERDE ! ET POUR ALLER OÙ ? JE VEUX PAS ME CACHER LE RESTE DE MA VIE !
FOUTEZ-LE DANS UNE GEÔLE.
À VOS ORDRES.
MON LIEUTENANT, Y A UN NOUVEAU QUI VAUT LE DÉTOUR...
J'DOIS TROUVER UN REMPLAÇANT AVANT CE SOIR...
FOUTUE GUERRE CIVILE ! J'CROYAIS AVOIR MISÉ SUR LE BON CHEVAL AVEC TOI, VENYAZKY.
QU'EST-CE QUE ÇA PEUT ME FOUTRE ?
TOUT LE CAMP PARLE DE LUI DEPUIS CE MATIN.
IL PARAÎT QU'IL A ARRACHÉ LES ENTRAILLES D'UN ROUGE AVEC SES DENTS.
QU'IL A SURVÉCU À TROIS FAMINES. IL PEUT SOULEVER UN CANON AVEC SON DOS, VOUS SAVEZ, COMME LES GARS DANS LES FOIRES !
C'EST QUOI, CES CONNERIES ?!

HOLÀ ! QU'EST-CE QUI SE PASSE ICI ?
…ET LORSQUE JE FUS ENTOURÉ DE CES DIZAINES DE SOLDATS ROUGES, PLUS ENRAGÉS LES UNS QUE LES AUTRES,
GRAND BIEN ME PRIT DE ME JETER DANS LES JAMBES DU PLUS GROS, QUI ROULA SUR LE FLANC, ET VLAM !
T'ES QUI, TOI ? ON DIRAIT UN MISÉREUX, MA PAROLE !
MON LIEUTENANT, VOICI YURI TRUCWITCH, DIT "L'ÉCRASEUR DE BOLCHEVIQUES" !
TRUCWITCH ? CONNAIS PAS !
VEUILLEZ EXCUSER MA TENUE DÉBRAILLÉE, PERMETTEZ-MOI DE VOUS EXPLIQUER, ASSEYEZ-VOUS DEUX MINUTES, ON A LE TEMPS !
UNE MINUTE POUR ME CONVAINCRE, SINON J'TE FOUS AU TROU ! PIGÉ ?

DEUX HEURES VINGT-SEPT PLUS TARD...
ARGH !
PLAF
TU AS AUTANT DE FORCE QUE TU LE PRÉTENDS DANS TES RÉCITS.
PLOUCH
LA FORCE VIENT NATURELLEMENT QUAND ON AGIT POUR NOTRE SAINTE RUSSIE.
TCHIN
UN INDIVIDU SI PATRIOTE ET OPPORTUNISTE, APPARAISSANT DANS UN MOMENT SI DÉSESPÉRÉ ! MA BONNE ÉTOILE EST DE RETOUR !
TRÈS BIEN, TU M'AS CONVAINCU.
J'AI UNE MISSION TRÈS IMPORTANTE À TE CONFIER, QUI TE VAUDRA TOUTES LES GLOIRES NATIONALES.
VRAIMENT ? C'EST TROP D'HONNEUR !
EH BEN, EN VOILÀ UN RAPIDE À CONVAINCRE !

N'Y VA PAS, C'EST UN PIÈGE !
BEAUCOUP DE NOS GARS ONT DÉJÀ FUI !
DE QUOI ?
FOUILLEZ TOUT DE MÊME LE CHEVAL. ET TOI, SUIS-MOI.
TOUT DOUX, J'TE LAISSE TRANQUILLE !
LE GÉNÉRAL EN CHARGE ICI EST SERGUEÏ ZOUBATOV.
C'ÉTAIT UN PROCHE DE RASPOUTINE ET DE L'IMPÉRATRICE.
DÈS LES PREMIÈRES ÉMEUTES...
...ELLE SENTIT LE VENT TOURNER...
...CONTRAIREMENT AU TSAR.
ENSEMBLE, ILS ONT SECRÈTEMENT MIS AU POINT CETTE MISSION, EN CAS DE DÉCÈS BRUTAL DE LA FAMILLE.
UN PLAN B INFAILLIBLE, PERMETTANT NOTRE VICTOIRE.

MON GÉNÉRAL ! JE VOUS AMÈNE UN CANDIDAT POUR LA "MISSION".
UN BON VIEIL EXALTÉ DU CLOCHER. JE VOIS LE GENRE.
POUR LA DERNIÈRE FOIS KANTSEROV, ASSUMEZ VOS RESPONSABILITÉS !
MON GÉNÉRAL, J'INSISTE...
HUM, JE SUIS YURI TRUCWITCH, SOLDAT SOUS LES ORDRES DE FEU KORNILOV.
PERMETTEZ-MOI DE SERVIR HUMBLEMENT MON PAYS.
MERCI DE TE PORTER VOLONTAIRE, SOLDAT.
MAIS, POUR SAUVER LA VIE DE SA MAJESTÉ, JE NE PEUX COMPTER QUE SUR UN HOMME DE CONFIANCE.

RENDS-TOI À KIEV, REPOSE-TOI.
JE TE FERAI PARVENIR UNE LETTRE POUR TA RÉAFFECTATION.
NE LE LAISSEZ PAS FILER,
IL EST L'HOMME DE LA SITUATION.
CELA SUFFIT, LIEUTENANT !
CE FÉLON EST UN COSAQUE SANS FOI NI LOI !
ON NE SAIT JAMAIS DE QUEL BORD ILS SONT !
PUISQUE VOUS AVEZ DÉCIDÉ DE M'AGACER, DÉGAGEZ-MOI ÇA DU CAMP !
HEEEY, INCROYABLE ! UNE BIBLE DU CULTE KHLYSTY ?!
CELLE DU GRAND RASPOUTINE ?!
QUEL TRÉSOR !
UNE IDÉE, VITE !
COMMENT OSES-TU SOUILLER DE TES DOIGTS CETTE RELIQUE DIVINE !
HORS DE MA VUE !

JE DOIS VRAIMENT LA METTRE SOUS VERRE !
PARDON, JE...
PFF, TROP DE ZÈLE TUE LE ZÈLE, IDIOT !
DÉGAGEONS AVANT QU'IL NE SOIT VRAIMENT ÉNERVÉ !
QUITTE OU DOUBLE.
SEIGNEUR, NON !!
VLAM !

COUÏÏÏC
MERCI, SEIGNEUR, DE ME DONNER LA FORCE DE ME SACRIFIER CHAQUE JOUR POUR TOI. AMEN.
JE COMPRENDS MIEUX VOTRE INSISTANCE, LIEUTENANT...
UN VRAI SAINT, N'EST-CE PAS ?
TON ARRIVISME N'A PAS DE LIMITE. SI TU CROIS QUE JE T'AI PAS VU RENVERSER LA CROIX...
MERCI POUR VOTRE GESTE HÉROÏQUE, VOUS MÉRITEZ VOTRE RÉPUTATION !
C'EST UN HONNEUR, MON GÉNÉRAL.
TES DENTS ONT VRAIMENT BESOIN D'UN PARQUET À RAYER. TU ES BIEN TOMBÉ.
EH BEN, COMME ON DIT, PLUS C'EST GROS, PLUS ÇA PASSE, ME VOILÀ EN BONNE PLACE.
MON GÉNÉRAL, DÉPÊCHONS-NOUS.
UNE SECONDE, JE DOIS LE BÉNIR.

MAIS FERME-LA !
DIEU M'A ENVOYÉ UN SIGNE À TRAVERS TOI !
CE GARS EN TIENT UNE SACRÉE COUCHE !
IL ME PARLE SOUVENT, IL FAUT JUSTE SAVOIR ÉCOUTER !
ENFIN, JE VAIS POUVOIR PASSER AUX CHOSES SÉRIEUSES...
NOM DE...?

MAIS... C'EST UNE FILLETTE !
MAJESTÉ, VOTRE NOUVEAU GARDE DU CORPS EST ARRIVÉ.
JE VOUS EN PRIE, SOYEZ RAISONNABLE.
NOUS NE VOULONS PAS DE NOUVEAU PROTECTEUR, NOUS VOULONS EN REVANCHE PLUS DE JOUETS, ET NOUS VOULONS ALLER DEHORS, COMME VOUS L'AVIEZ PROMIS.
TU VOULAIS GLOIRE ET FORTUNE, HEIN ? TU CROIS QUE J'TAVAIS PAS VU VENIR AVEC TES GROS SABOTS ?
EH BEN, ICI, VOIS-TU, C'EST CHACUN POUR SOI. ET C'EST POUR ÇA QUE TON OPPORTUNISME PRIMAIRE M'A INTÉRESSÉ.
PAS MOYEN QUE JE POUPONNE CETTE PESTE QUI FAIT CRAQUER SES SOLDATS JUSQU'À CE QU'ILS PRENNENT UN CAMP SIBÉRIEN POUR UNE ISBA PARADISIAQUE.
HORS DE QUESTION DE VOUS FAIRE SORTIR. DEHORS, VOUS ÊTES EN DANGER.
MAIS, UNE FOIS SUR LE NAVIRE EN ROUTE POUR L'ANGLETERRE, VOUS POURREZ PRENDRE L'AIR AUTANT QUE VOUS LE SOUHAITEZ.

VOUS FAITES ENCORE RÉFÉRENCE À CE FICHU BATEAU ?! IL EST HORS DE QUESTION QUE JE QUITTE MA SAINTE PATRIE.
SNAP
DOMESTIQUES !
LE TEMPS PRESSE. L'ÉTAU SE RESSERRE AUTOUR DE VOUS.
YURI SERA VOTRE NOUVEL ANGE GARDIEN.
QUELS SONT VOS ORDRES, MAJESTÉ ?
UNE FOIS EN ANGLETERRE, VOUS ÉPOUSEREZ VOTRE COUSIN GERMAIN, LE DUC DE SAXE.
ET DE VOTRE DESCENDANCE RENAÎTRA...
NOTRE SAINTE RUSSIE.
NOUS... NOUS COMPRENONS L'ENJEU PRIMORDIAL ET DIVIN QUE NOUS REPRÉSENTONS, MAIS...
VOUS NOUS AVIEZ PROMIS DE CHOISIR UN AUTRE MEMBRE DE LA FAMILLE ROYALE.

LE DUC EST TROP VIEUX POUR NOUS, ET...
NOUS N'AVONS PLUS LE TEMPS. POUR DE FUTILES TERGIVERSATIONS.
TELLE EST LA VOLONTÉ DE DIEU. AINSI SOIT-IL.
IL VEUT LA MARIER À UN VIEILLARD AU NOM DE DIEU POUR RETROUVER LE POUVOIR ?
IL SE FOUT DE LA PROTÉGER, IL VEUT JUSTE L'EMPÊCHER DE FUIR...
DIEU VOUS BÉNISSE, MAJESTÉ.
SI ELLE PERD LE MOINDRE CHEVEUX, MÊME L'ENFER SERA UN PARADIS POUR TOI !
DEMANDÉ SI GENTIMENT...

ET, PAR VOIE DE CONSÉQUENCE, ÇA VAUT AUSSI POUR VOUS, KANTSEROV.
LE MOINE-SOLDAT ? TU FAIS LE BOULOT, Y A PAS D'EMBROUILLES, ON SE QUITTE BONS AMIS. SINON...
"COUIC !"
SI ELLE NOUS ÉCHAPPE ENCORE, C'EST À N'Y PLUS RIEN COMPRENDRE...
DONC, JE SUIS CENSÉ ASSASSINER UNE FILLETTE QUI SERA DE TOUTE FAÇON SACRIFIÉE PAR SON PROPRE CAMP.
UNE PETITE COLLATION ?!
MAJESTÉ, VOUS AVEZ ENCORE, DÉCAPITÉ LA TÊTE DE VOTRE GIRAFE...
ENCORE VOS PÂTISSERIES DÉGOULINANTES ? BERK !
BON, LA MISSION. GAGNER DU TEMPS POUR MIEUX RÉFLÉCHIR. ÊTRE SEUL AVEC ELLE...
OUCH !
ÉCOUTE, PRINCESSE, JE VOIS BIEN QUE TA SITUATION N'EST PAS IDÉALE,
MAIS ON PEUT PEUT-ÊTRE S'ARRANGER SI TU V...

TOI, LE COSAQUE MISÉREUX,
TU VAS REGRETTER TON SANS-GÊNE.
PARDON ?
ATTRAPE-MOI AVANT QUE JE NE ME FASSE MAL.
HEY ?!
MAIS QUE FABRIQUE-T-ELLE ?
SEMBLANT D'AVALER UN JOUET. PUIS SEMBLANT DE TOMBER DE HAUT.
POUR VOUS CHARGER AU MAXIMUM... ET VOUS FAIRE EMPRISONNER EN SIBÉRIE...
REVIENS !
DEPUIS TOUTE PETITE, SA MAJESTÉ SAIT QU'ELLE NE DOIT PAS SE MONTRER EN PUBLIC.
AFIN DE SE PROTÉGER DES RUMEURS OU, PIRE, DES TIREURS D'ÉLITE !
SI ELLE PARVIENT À FAIRE BEAUCOUP DE BRUIT, ELLE ATTIRERA LE GÉNÉRAL QUI ENTEND TOUT DEPUIS SON BUREAU. CELA L'AMUSE BEAUCOUP.

ELLE FAIT ÇA SOUVENT ?!
HEU... RELATIVEMENT...
"RELATIVEMENT" ?!
PRENDS ÇA !
SHLAK
AÏE !
NOOON !
OOOPS !
SHLING

PAF
SHILINK
BLAM
ÇA VA ?
NE VOUS EN FAITES PAS.
HEEEEY !
HIHIHI !
BLING
KLAK
HAHAHA ! ATTENTION, JE POURRAIS ME BLESSER !

PLAF
VLAM

LÂCHE-MOI DONC ! FALLAIT BIEN FAIRE QUELQUE CHOSE, NON ?
VOUS NE COMPRENEZ DONC PAS ?
GARE AUX PUNITIONS !

SLAP
QUE...?!
APPROCHE DONC SI TU OSES.
?
BOUM
HIHIHI !
KLAK
AOUCH ! ESPÈCE DE PESTE !
HEU, SONT-ILS EN COLÈRE OU JOUENT-ILS RÉELLEMENT ?
TU VAS VOIR CE QUE TU VAS PRENDRE DANS LA FIGURE !
JE NE SAIS PAS...
MÊME PAS PEUR ! HIHIHI !

CROUIC
TOUT VA BIEN, MAJESTÉ ? YURI ? J'AI ENTENDU BEAUCOUP DE BRUIT...
CE N'EST ABSOLUMENT PAS CE QUE VOUS CROYEZ ET...
TOUT VA BIEN, GÉNÉRAL. VOUS POUVEZ VOUS RETIRER.
PARFAIT.
COMME VOUS VOUDREZ.
IL NE TIENDRA PAS DEUX JOURS À CE RYTHME.

ELLE REDOUBLE D'EFFORTS POUR LE FAIRE CRAQUER. SURVEILLE-LES DE TEMPS EN TEMPS.
DÉJÀ ?
BIEN, MON GÉNÉRAL.
IL EST MÉFIANT, MAIS JE PENSE QU'ON A GAGNÉ LE JACKPOT. JE JETTERAI UN ŒIL TANTÔT.
JE NE COMPRENDS PAS.
QUOI DONC ?
ELLE A L'AIR D'UNE ENFANT...
VIENS, ON VA JOUER À LA DÎNETTE !
DE QUOI ?! MAIS C'EST VIDE...
METS TA MAIN COMME ÇA, LÀ.
MAIS QU'EST-CE QUE TU FOUS, YURI ?

HIHIHI ! TENDS LE PETIT DOIGT COMME ÇA, OUI !
ATTENDRE LE MOMENT OÙ ELLE SERA SEULE, PUIS...
MERDE ! JE PEUX PAS FAIRE ÇA ! SI, JE PEUX ! C'EST UNE PETITE GARCE, UNE FUTURE TORTIONNAIRE !
VENIR VOUS COUCHER SEULEMENT QUARANTE-CINQ MINUTES APRÈS L'HORAIRE ÉTABLI... QUELLE JOIE, MAJESTÉ !
NOUS AVONS HÂTE QUE YURI NOUS LISE UNE HISTOIRE.
MM... ÇA M'A L'AIR CALME, TANT MIEUX. L'HEURE DU CASSE-DALLE.
QUE SA MAJESTÉ ME PERMETTE DE LA DÉSHABILLER.
NOUS POUVONS NOUS DÉBROUILLER SEULE !
TOUTES CES MOULURES... CE N'EST PLUS UN TRAIN, C'EST UN PALAIS...

AVEZ-VOUS CHANGÉ L'EAU DE NOTRE SAMOVAR ? NOUS MOURONS DE SOIF !
TOUT DE SUITE.
PUIS-JE VOUS RAPPELER QUE VOUS AVEZ VOTRE LEÇON DE VIOLON DEMAIN À 14 H 30.
DÉJÀ ?
PUIS, HUM, SUIVRONT VOS LEÇONS DE LITTÉRATURE FRANÇAISE ET D'HISTOIRE RUSSE.
IL SUFFIT ! NOUS VENONS DE DÉCIDER QUE DEMAIN SERA UN DIMANCHE, JOUR SACRÉ, TOUT TRAVAIL SERA PROSCRIT.
SOYEZ RAISONNABLE...
DÉGAGEZ, SALE POUILLEUX !
JUSTE UN MORCEAU DE PAIN ! LA PETITE N'A RIEN MANGÉ DEPUIS HIER !
PITIÉ !

FAITES CE QUE NOUS VOULONS OU BIEN VOUS IREZ EN PRISON !
OUCH !
LES CAPRICES DE GAMINE, C'EST PAS DIGNE D'UNE PRINCESSE.
HIHIHI ! JE VOLE !
CE N'EST PAS UNE MANIÈRE DE PORTER SA MAJESTÉ...
AU LIT MAINTENANT !
HEY ! NE PARS PAS, LIS-NOUS UNE HISTOIRE !
SUR UN AUTRE TON, PRINCESSE.
POURQUOI LES GENS FONT TOUJOURS CE QUE NOUS VOULONS,
MAIS JAMAIS CE DONT NOUS AVONS BESOIN ?

ÉCOUTE, PRINCESSE…
JE N'AIME PAS EN PARLER, MAIS JE SAIS PAS LIRE.
L'ÉCOLE, C'ÉTAIT PAS MON TRUC, TU VOIS, ET…
MAIS CE N'EST PAS GRAVE, ÇA ! JE T'APPRENDRAI !
JE SUIS UN EXCELLENT PROFESSEUR.
HÉHÉ… ÇA MARCHE…
ATTENDS, J'AI UNE IDÉE…
JE VAIS TE RACONTER L'HISTOIRE DE MON VILLAGE…
MAIS, ATTENTION, NE LA RÉPÈTE PAS, C'EST UN SECRET !
PROMIS !

DANS UNE CONTRÉE LOINTAINE, ENTOURÉ D'UNE FORÊT DE PINS IMMENSE, IL EXISTE UN LAC, LE LAC SVETLOÏAR...
D'UNE EAU AUSSI PURE QUE LE CRISTAL, MAIS QUI EST SI PROFOND QUE PERSONNE NE PEUT EN VOIR LE FOND.
UN JOUR, UN PRINCE, IOURI II VLADIMIRSKI, TROUVANT CE LIEU SI SUBLIME DÉCIDA DE FONDER UNE VILLE AU MILIEU DU LAC, QU'IL NOMMA BOLCHOÏ KITÈJ.
LES HABITANTS AVAIENT COMME CARACTÉRISTIQUES COMMUNES UN CŒUR PUR, NOBLE ET JUSTE. ILS VIVAIENT HEUREUX.
CET ENDROIT ÉTAIT LE SEUL AU MONDE OÙ L'ON POUVAIT ÊTRE QUI ON VOULAIT, SANS QUE ÇA NE CHOQUE LES GENS.
ON APPELAIT AUSSI CETTE VILLE "LA CITÉ DE L'OUBLI". CAR ELLE ACCUEILLAIT TOUS LES RÉFUGIÉS RÉPRIMÉS ET INJUSTEMENT TRAITÉS PAR LE MONDE EXTÉRIEUR ET LEUR RENDAIT LEUR LIBERTÉ.

UN JOUR, LORS DES GRANDES INVASIONS MONGOLES, LE CHEF KHAN BATU ENTENDIT PARLER DE BOLCHOÏ KITÈJ DE LA BOUCHE MÊME DU PRINCE QU'IL VENAIT DE FAIRE PRISONNIER.
IL ORDONNA À SON ARMÉE DE S'Y RENDRE EN SUIVANT IOURI QUI VENAIT DE S'ÉCHAPPER.
LES SOLDATS DÉCOUVRIRENT QUE POUR S'Y RENDRE IL FALLAIT EMPRUNTER BON NOMBRE DE CHEMINS SECRETS À TRAVERS LA FORÊT ET LES MONTAGNES.
ILS S'ATTENDAIENT À TROUVER UNE VILLE FORTIFIÉE COMME D'HABITUDE EN CES TEMPS-LÀ, MAIS ELLE ÉTAIT DÉPOURVUE DE TOUTE FORTIFICATION.

LES HABITANTS N'AVAIENT AUCUNEMENT L'INTENTION DE SE DÉFENDRE PAR EUX-MÊMES.
AU CONTRAIRE, EN VOYANT LES ARMÉES MONGOLES, ILS COMMENCÈRENT À PRIER MAT SYRA ZEMLIA, AINSI QUE MAKOCHE ET PEROUN, LEURS DIEUX PROTECTEURS, AVEC FERVEUR.
LES MONGOLS, EN VOYANT CELA, PRESSÈRENT LEUR ATTAQUE, MAIS FURENT STOPPÉS. SOUDAINEMENT, ILS VIRENT DES FONTAINES D'EAU SURGIR DU SOL TOUT AUTOUR D'EUX.
LES ATTAQUANTS RECULÈRENT ET REGARDÈRENT LA VILLE AU LOIN ÊTRE SUBMERGÉE PAR LES FLOTS. ENSUITE, IL N'Y EUT QUE DES VAGUES.
ON PEUT APERCEVOIR CERTAINES NUITS DES CRÉATURES CÉLESTES PLONGER AU FOND DU LAC POUR RETOURNER DANS LEUR DEMEURE.

DEPUIS, TOUT LE MONDE RECHERCHE ACTIVEMENT CETTE CITÉ MERVEILLEUSE, SANS SUCCÈS.
IL EST POURTANT CERTAIN QU'ELLE EXISTE TOUJOURS, MAIS, DÉSORMAIS, CACHÉE À LA VUE DES CŒURS CORROMPUS ET VIOLENTS.
ELLE DEMEURE CEPENDANT ACCESSIBLE AUX CŒURS PURS.

AH, TE VOILÀ, VIEUX SCHNOCK ! TU TE FAIS VERNIR LES SABOTS, OU QUOI ?

ÇA FAIT DU BIEN DE TE VOIR, MON FRÈRE.
OUAIS, OUAIS, J'VAIS TE SORTIR DE LÀ.
JE SUIS UN PEU PERDU, LÀ.
JE VAIS TE DÉCHARGER DE TON FARDEAU.
J'AI BESOIN DE PRENDRE L'AIR, RÉFLÉCHIR.
JE NE VOUDRAIS PAS TE METTRE EN DANGER. AUCUNE ENVIE DE MANGER DU CHEVAL À MIDI.

VOILÀ POUR ME CHANGER. J'AI EU MA DOSE D'UNIFORME TSARISTE POUR LE RESTANT DE MES JOURS.
JE TE REJOINDRAI LORSQUE TU VERRAS LE FEU D'ARTIFICE.
UN PIGEONNIER... ÇA FERA UNE BONNE PLANQUE.
ALLEZ-Y, LES GARS, LÂCHEZ-VOUS, RECOUVREZ-MOI TOUT ÇA.
MOI, JE FILE, MON DESTIN M'ATTEND...

TU VOIS, BABA, J'AI RASSEMBLÉ TOUS LES DÉCHETS DE GUERRE QUE J'AI PU. AUTANT DE FERRAILLE ET D'OS QUE POSSIBLE.
BON DÉBUT !
NOUS ALLONS POUVOIR COMMENCER LA RÉCOLTE DES ÂMES PERDUES.
COMBIEN DE VILLAGES AS-TU PILLÉS POUR AMONCELER TANT DE MATÉRIEL ?

SI TU CROIS QUE J'AI COMPTÉ... J'AI FAIT MA PART, À TON TOUR !
LAISSE-NOUS ! NOUS REVIENDRONS VERS TOI EN TEMPS VOULU.
POURVU QU'ELLE NE ME PRÉPARE PAS UN MAUVAIS COUP, CELLE-LÀ...
ET QU'ATTENDS-TU, YURI ? JE T'AI CONNU PLUS EFFICACE.

SHLLAKK

NON !
HIII ! LAISSEZ-MOI ! LAISSEZ-MOI SORTIR !
NON ! PAPA ! MAMAN !

PRINCESSE ! QU'EST-CE QUI SE PASSE ?!

UN SIMPLE CAUCHEMAR...
PEUT-ÊTRE UN PEU DE FIÈVRE, À VÉRIFIER DEMAIN MATIN.
IL NE RESTE PLUS QU'À DORMIR UN PEU.
BORIS, SUIS-MOI J'AI VU UNE OMBRE DERRIÈRE LE WAGON.
ENCORE ? ILS VEULENT TOUS MOURIR CE SOIR ?
SOIT ILS FOUILLENT NOS DÉCHETS, SOIT ILS SE BOUFFENT ENTRE EUX. T'AURAIS CHOISI QUOI, TOI ?

COMMENT S'EN SORT NOTRE CHAMPION, LIEUTENANT ?
RIEN À SIGNALER, MON GÉNÉRAL,
IL S'EST TRÈS BIEN ACCOUTUMÉ. SA MAJESTÉ SEMBLE MÊME APAISÉE.
BIEN.

J'AI ÉTÉ TROP SCEPTIQUE. JE SUIS UN PEU NERVEUX EN CE MOMENT.
VOUS SEREZ RÉCOMPENSÉ SITÔT LA MISSION RÉUSSIE.
SI ELLE RÉUSSIT...
ELLE LE SERA.
À MOI LA RETRAITE À GENÈVE, LES FILLES, LES JEUX...
DEBOUT, LÀ-DEDANS ! HAHA !
PLOUFFFF

ERK ! IL FAIT MÊME PAS JOUR... EN PLUS, J'AI UNE DE CES FAIMS...
MOI AUSSI, MOI AUSSI ! ALLONS EN CUISINE !
PAS TROP VITE, URKKK...
CUISINIER ! PRÉPARE UNE OMELETTE ET DE LA BRIOCHE ! NOUS VOULONS AUSSI DES RAISINS !
HEY, MINUTE, HORS DE QUESTION QUE QUELQU'UN NOUS SERVE.
POUSSE-TOI, JE PRENDS LE RELAIS.
HEU... D'ACCORD, MAIS SA MAJESTÉ NE VA PAS CUISINER TOUT DE MÊME, ÇA NE FAIT PAS PARTIE DU PROTOCOLE ET...
HEY, PRINCESSE ! TU VIENS M'AIDER À BATTRE LES ŒUFS ?

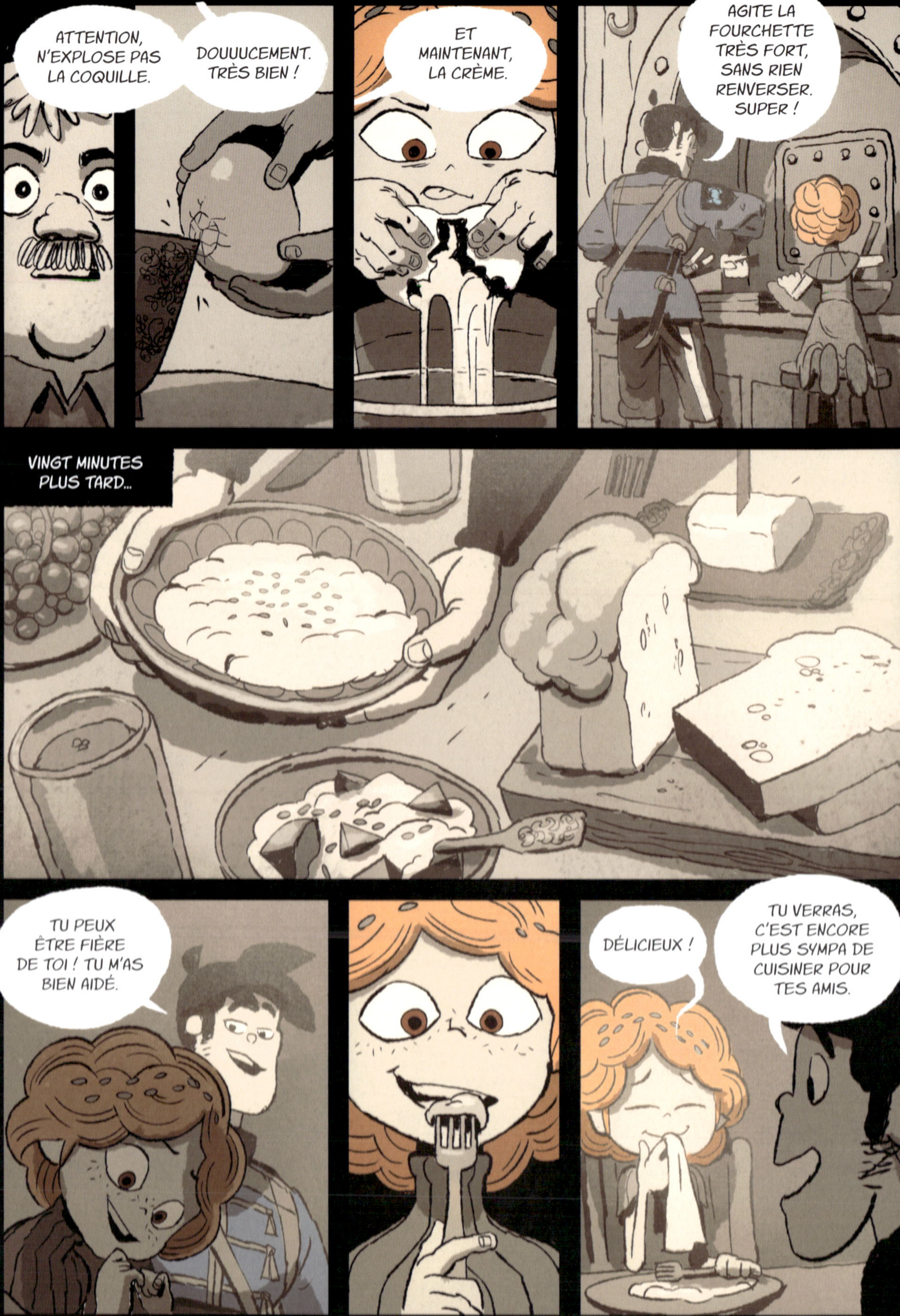
ATTENTION, N'EXPLOSE PAS LA COQUILLE.
DOUUUCEMENT. TRÈS BIEN !
ET MAINTENANT, LA CRÈME.
AGITE LA FOURCHETTE TRÈS FORT, SANS RIEN RENVERSER. SUPER !
VINGT MINUTES PLUS TARD...
TU PEUX ÊTRE FIÈRE DE TOI ! TU M'AS BIEN AIDÉ.
DÉLICIEUX !
TU VERRAS, C'EST ENCORE PLUS SYMPA DE CUISINER POUR TES AMIS.

OUI, SÛREMENT... SI DIEU LE VEUT.
HEU... DEPUIS QUAND VIS-TU DANS CE TRAIN ?
DEPUIS NOTRE NAISSANCE.
IL Y A HUIT ANS.
IL FAUT QU'ON S'ÉCHAPPE CE SOIR, CE SERA PLUS DISCRET POUR SE BARRER.
HEY, TU VOUDRAIS PAS M'APPRENDRE À ÉCRIRE EN ÉCHANGE ?
AVEC PLAISIR !
TÂCHE DE BIEN CLOUER, SA MAJESTÉ NE DOIT PLUS SE METTRE EN DANGER.
MON PUPITRE EST PRÈS DU TRÔNE.
QUE...?!
ILS CONDAMNENT LES FENÊTRES ?!
ÇA N'A MÊME PAS L'AIR DE LA DÉRANGER ?!
INSTALLE-TOI, TU PEUX UTILISER MA PLUME.

COMMENCE PAR RECOPIER LES LETTRES DE CE LIVRE. PRENDS TON TEMPS.
MMMF... ÇA ACCROCHE !
AAH, ÇA COULE ! MINCE !
HIHI !
ARF... LAISSE TOMBER, C'EST PAS POUR MOI L'ÉCRITURE DE TOUTE FAÇON...
J'AI UNE SOLUTION ! AS-TU UN BRIQUET ?
OXYDER LA PLUME POUR Y FAIRE ADHÉRER L'ENCRE... TRÈS MALIN.
OH...
JE CONNAIS CE MOTIF...
HEY ! RENDS-MOI CE BRIQUET !
JE NE PLAISANTE PAS !
LÀ !

C'EST L'INVENTAIRE DE TOUS LES BIENS ACQUIS PAR MA FAMILLE AU COURS DES SIÈCLES.
J'AIME LE FEUILLETER LORSQUE JE M'ENNUIE. SES ILLUSTRATIONS SONT MAGNIFIQUES.
ÇA DIT QUE CE BRIQUET EN ACIER FIN FRANÇAIS, SCULPTÉ À L'AIGUILLE DE DIAMANT, APPARTENAIT À MON ONCLE LE GRAND DUC NIKOLAÏEVITCH.
J'AI LU QUELQUE PART QU'IL FUT BANNI DE LA FAMILLE POUR S'ÊTRE CONVERTI À UNE AUTRE RELIGION.
16.
ÇA VEUT DIRE QU'ELENA ÉTAIT DE SANG IMPÉRIAL ?...
ÇA VEUT DIRE QUE TU ES UN VOLEUR, HIHI !
NON !
JE REPRENDS MON DÛ, HAHA !
NON !
PLAF
RENDS-LE-MOI, C'EST TOUT CE QUI ME RESTE D'ELENA !

IL EST À BOUT ! FILE CHERCHER SERGUEÏ !
QUI EST ELENA ? TA MÈRE ? TA FEMME ?
UNE PERSONNE QUE JE N'AI PAS RÉUSSI À PROTÉGER.
MAIS COMMENT ÇA ? OÙ EST-ELLE ?
ELLE S'EST TUÉE.
RENDS-MOI CE BRIQUET ! J'AI BESOIN DE L'AVOIR SUR MOI.
C'EST LE SEUL SOUVENIR QUE JE VEUX GARDER JUSQU'À LA FIN DE MA VIE.
NE ME TOUCHE PAS ! C'EST INTERDIT !
RIEN À FOUTRE !

NA ZDOROVIÉ !
JE N'ARRIVE PAS À CROIRE QUE LE NAVIRE SERA LÀ DEMAIN MATIN, HAHA !
QUEL SOULAGEMENT !
MON GÉNÉRAL, ON A TROUVÉ CE GAMIN QUI SE CACHAIT DANS LE CAMP. C'EST LE PETIT FRÈRE D'UN DE NOS PRISONNIERS.
IL SE TRIMBALLAIT AVEC CE SAC REMPLI DE FEUX D'ARTIFICE ET, COUVERT DE FIENTES DE PIGEONS,
IL A VISIBLEMENT PASSÉ TOUTE LA NUIT PLANQUÉ DANS LE PIGEONNIER.
IL VOULAIT EN RÉCUPÉRER LA POUDRE POUR FAIRE EXPLOSER LA SERRURE DE LA PRISON...
M'SIEUR, J'VOULAIS, J'VOULAIS JUSTE LIBÉRER MON FRÈRE.
OUAIS, C'EST ÇA, CAUSE TOUJOURS, N'EMPÊCHE QUE DANS CE SAC Y A AUSSI UNE TOQUE DE COSAQUE ANARCHISTE...
QUOI ? À MOI ! J'LE JURE !

MON GÉNÉRAL, SA MAJESTÉ A BESOIN D'UNE PROTECTION IMMÉDIATE !
VOTRE NOUVELLE RECRUE NE MAÎTRISE PLUS SES NERFS ET SE MONTRE ANORMALEMENT AGRESSIVE.
SOLDAT, LAISSEZ CE SAC, ENFERMEZ LE GAMIN AUPRÈS DE SON FRÈRE. ORDONNEZ LE DÉMARRAGE IMMÉDIAT DU TRAIN ET LA LEVÉE DU CAMP.
À VOS ORDRES !
MERDE, MERDE, MERDE... FAUSSE BONNE IDÉE...
ZIIIP
VOUS AVEZ ASSEZ BU. ALLEZ RÉCUPÉRER NOTRE BIEN QUOI QU'IL EN COÛTE, OU JE VOUS EMMÈNERAI MOI-MÊME EN SIBÉRIE, EN PIÈCES DÉTACHÉES.

TIENS...
JE TE DEMANDE PARDON.

HÉHÉ… SNIF… ÇA FAIT DES ANNÉES QUE J'AI PAS PLEURÉ…
T'Y ES POUR RIEN…

OH ! LE TRAIN DÉMARRE !
ÇA M'A L'AIR D'UN DÉPART PRÉCIPITÉ !
ALORS, ÇA Y EST, JE VAIS PARTIR POUR L'ANGLETERRE...
DIS... TU... TU VIENDRAS AVEC MOI ?

JE PENSAIS AVOIR LE TEMPS D'ÉCHAFAUDER UN PLAN POUR NOUS SORTIR DE LÀ… MAIS J'AI EU TORT.
TU ES EN DANGER, PRINCESSE. JE VAIS TE PROTÉGER, MAIS IL FAUT PARTIR, TOUT DE SUITE.
FAIS TON SAC, PRENDS DES VÊTEMENTS CHAUDS, JE T'EMMÈNE À L'AIR LIBRE, JE TE LE PROMETS.
MAIS LA SAINTE RUSSIE A BESOIN DE NOUS, NOUS NE POUVONS PAS FUIR NOS RESPONSABILITÉS.

SLAM
SHLACK
FOUILLEZ LE MOINDRE RECOIN !

ALAM!!!
dingdingdingdingding
HIIIII ! JE NE VEUX PAS TOMBER !
VÉRIFIEZ LES TRAPPES, LES FENÊTRES, SOULEVEZ LA MOINDRE PLANCHE !!
J'AI PEUR ! JE VEUX DESCENDRE ! TU ES MÉCHANT !
NE M'ÉTOUFFE PAS, BON SANG !
QUELQUE CHOSE N'A PAS TOURNÉ ROND CETTE NUIT...

HIIII ! ARRÊTE, TU VAS TROP VITE !
ARRÊTE DE GIGOTER !
SOIS MAUDIT !
ILS SONT OCCUPÉS À MANŒUVRER. TANT MIEUX !
HEY, MAIS CE SONT MES SOLDATS... TU ME FAIS FUIR MA PROPRE ARMÉE ?
TU VEUX ALLER EN ANGLETERRE ? TU AS CHANGÉ D'AVIS ?
MAIS QU'EST-CE QUE SIGNIFIE TOUT ÇA ?
JE VOIS LE PIGEONNIER !
JE T'AVOUE QU'IL Y A UNE GRANDE PART D'IMPROVISATION LÀ-DEDANS...

BON SANG, MAIS OÙ EST LE SAC ?!
C'EST ÇA QUE TU CHERCHES ?
C'EST FAUX, IL VEUT NOUS SAUVER !
MAJESTÉ, ÉLOIGNEZ-VOUS DE LUI, C'EST UN TRAÎTRE !

C'EST UN COSAQUE ANARCHISTE. SA VÉRITABLE MISSION EST DE VOUS TUER !
C'EST... C'EST VRAI ?
OUI.
POUR LIBÉRER LES MIENS...

MAIS, DEPUIS QUE JE TE CONNAIS,
J'AI COMPRIS QUE TU AS AUTANT BESOIN QUE NOUS DE GAGNER TA LIBERTÉ.
PENSEZ À VOTRE PEUPLE, VOTRE DESTIN.

GRÂCE À VOUS, LA SAINTE RUSSIE AURA UNE DESCENDANCE DIVINE.
ELLE SERA BÉNIE, CONNAÎTRA PAIX ET ABONDANCE.

MAIS QU...?!

Siiiiiii
Siiiii
KKKKKBAM

UN FEU D'ARTIFICE... ÉVIDEMMENT, TU AS CHOISI CE SIGNAL-LÀ...
ENCORE UN PEU DE VIN ?
NON, LE TEMPS EST VENU.
CAMARADES, NOS ALLIÉS LES ANARCHISTES VIENNENT DE TUER DE SANG-FROID UNE ENFANT, LA DERNIÈRE HÉRITIÈRE TSARISTE.
CE SONT DE PURS ASSASSINS. SEULE LA DICTATURE DU PROLÉTARIAT PEUT NOUS GUIDER DÉSORMAIS.
LANCEZ L'ATTAQUE SUR LE TRAIN !

C'EST VOTRE JOUR DE GLOIRE !
GRÂCE À VOTRE FERVEUR ET VOTRE SACRIFICE...
LA GRANDE RUSSIE RENAÎTRA DE CE JOUR HISTORIQUE.

ALORS, SORCIÈRE ? POURQUOI LE KOCHTCHEÏ NE BOUGE-T-IL PAS ? M'AS-TU BERNÉ ?
PAS ASSEZ DE CORPS, HIHI ! C'EST TA FAUTE ! MAIS ÇA BOUGERA PEUT-ÊTRE ! HIHI !

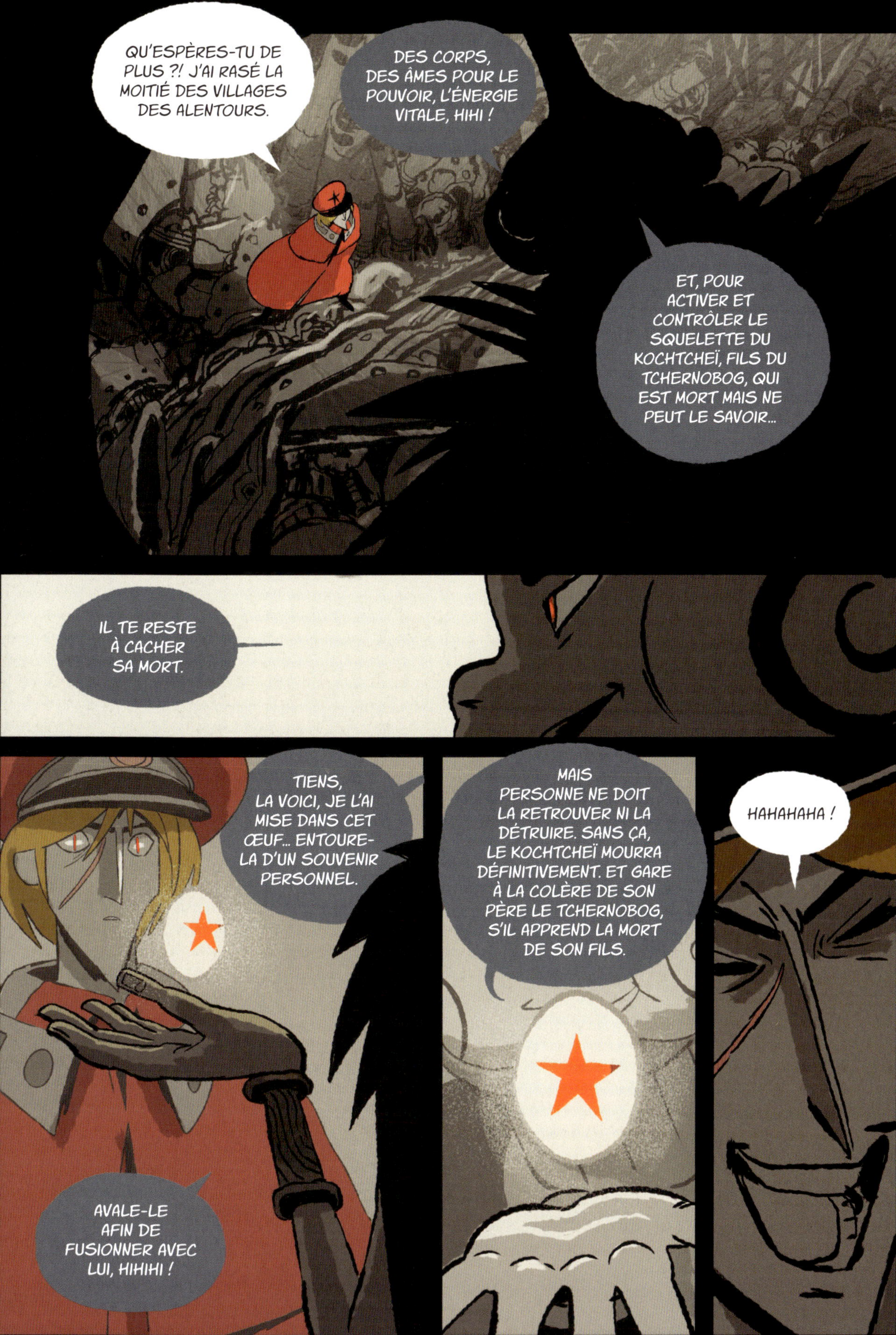
QU'ESPÈRES-TU DE PLUS ?! J'AI RASÉ LA MOITIÉ DES VILLAGES DES ALENTOURS.
DES CORPS, DES ÂMES POUR LE POUVOIR, L'ÉNERGIE VITALE, HIHI !
ET, POUR ACTIVER ET CONTRÔLER LE SQUELETTE DU KOCHTCHEÏ, FILS DU TCHERNOBOG, QUI EST MORT MAIS NE PEUT LE SAVOIR…
IL TE RESTE À CACHER SA MORT.
TIENS, LA VOICI, JE L'AI MISE DANS CET ŒUF… ENTOURE-LA D'UN SOUVENIR PERSONNEL.
AVALE-LE AFIN DE FUSIONNER AVEC LUI, HIHIHI !
MAIS PERSONNE NE DOIT LA RETROUVER NI LA DÉTRUIRE. SANS ÇA, LE KOCHTCHEÏ MOURRA DÉFINITIVEMENT. ET GARE À LA COLÈRE DE SON PÈRE LE TCHERNOBOG, S'IL APPREND LA MORT DE SON FILS.
HAHAHAHA !

C'EST TOUT ?! COMME TU VOUDRAS,
JE NE CROIS NI À L'ÂME, NI À TES DIEUX MORTS DEPUIS DES SIÈCLES !
MON SEUL SOUVENIR PERSONNEL.
ÇA FERA L'AFFAIRE, HIHIHI !
J'AI DÉJÀ OFFERT UN BRAS POUR RIEN, JE PEUX BIEN TE DONNER UN SOUVENIR RIDICULE.
Gloups

MON BRAS !!!
IL DISPARAÎT ! NON !!!

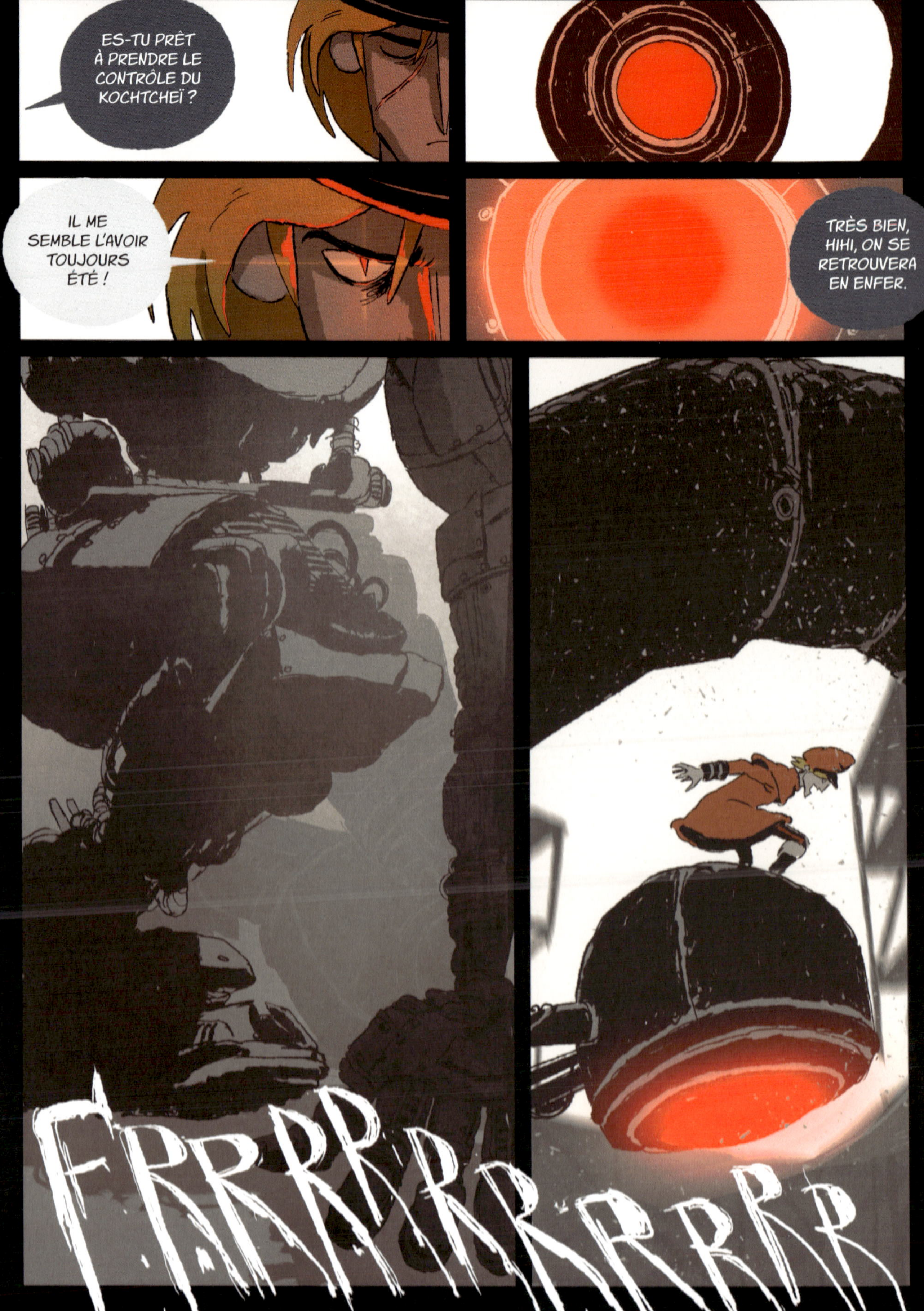
ES-TU PRÊT À PRENDRE LE CONTRÔLE DU KOCHTCHEÏ ?
IL ME SEMBLE L'AVOIR TOUJOURS ÉTÉ !
TRÈS BIEN, HIHI, ON SE RETROUVERA EN ENFER.
FRRRRRRRRRR

JE TE LE RENDS ! COMME PROMIS !
MERCI, PRINCESSE.
SUIS-MOI !
AAAH ! JE BRÛLE !
ÉTEIGNEZ-MOI ÇA !
PKSSSHH

ET MAINTENANT ?
ON RÉCUPÈRE PLATON ET ON FOUT LE CAMP !
PLATON ?!
C'EST MON CHEVAL.
RATTRAPEZ-LES !
ILS SONT TROP NOMBREUX !
PRINCESSE, FAUT QUE JE TE DISE…
DANS LA VIE, LES EMMERDEMENTS ARRIVENT TOUJOURS TOUS EN MÊME TEMPS !

ATTENDS, MON COCO, JE VAIS TE FAIRE GOÛTER NOTRE NOUVELLE MAXIM.
EN JOUE...
FEU !!
RATAK TAK TAK TAK TAK TAK TAK TAK TAK TAK
TAK TAK TAK TAK TAK TAK TAK TAK TAK TAK TAK TAK TAK TAK TAK TAK
PLUIE DE BALLES ! À COUVERT !
CRÉTIN, ON LA VEUT VIVANTE !

ILS SE BARRENT ! GROUILLEZ-VOUS !
OOOOH, ILS SONT TROP MIGNONS !
BEEEEE !
OUPS ! PARDON !
BEEEEE !
LA PORTE EST COINCÉE !
T'INQUIÈTE !
PLAF
HIIIIII !

NADYA !
LÂCHE-MOI !
YURI !
TIENS BON, PRINCESSE !
ÂÎÂÎÂÎÂÎ
PLATON ?!
FLSHH

SHLAK
TELLEMENT HEUREUX DE TE VOIR, VIEUX FRÈRE !
ALLEZ, MONTRE-LEUR...
...COMMENT UN CHEVAL FAIT DE CHAIR ET DE SANG PEUT RATTRAPER UN TAS DE FERRAILLE EN UN RIEN DE TEMPS !
ET, PENDANT CE TEMPS, JE VAIS LEUR MONTRER COMMENT ON TIRE CHEZ LES COSAQUES !

BUTEZ-LE, NOM DE DIEU !
VRAM
BLAST

OUCH !
MAIS COMMENT CE CHEVAL PEUT-IL ÉVITER LES TIRS D'OBUS ?!
HAHA, REGARDE-MOI CES TROUILLARDS ! ON EST PRESQUE ARRIVÉS AU WAGON IMPÉRIAL !
GNAP
JE TE RAMÈNE DANS TA CAGE, TRÉSOR.

TU SERAS FUSILLÉ, SOLDAT !
TAIS-TOI !
YURI... AU SECOURS !
FEU !
HEU, HUM, VOUS AVEZ VU TOMBER LA CIBLE ?
EH BIEN, SOLDAT ? VOUS ATTENDEZ QUOI ?!

Tak Tak
Tak
Tak
Tak
Tak
Tak
Tak
MAIS OÙ EST CE FILS DE...!
...DÉMON ?!

BLAM
PLAF
C'EST FINI POUR TOI, SALE ROUGE !

ATTENDEZ, LE SPECTACLE N'EST PAS FINI !
RENDS-TOI !
SHLAF
POUFF

NADYA, TU ES LÀ ? VIENS PRÈS DE LA FENÊTRE !
JE VAIS ENLEVER CES PUTAINS DE PLANCHES !
JE SUIS LÀ, J'ARRIVE !
ARRÊTE DE TRAÎNER !
AAAAAÏE !
DESCENDS, SALE CHIEN DE COSAQUE !
TU VAS GOÛTER DE MA BOTTE !

JE TE TIENS, TOUT VA BIEN.
DÉPÊCHE-TOI !
RAMÈNE-TOI OU ON ABAT TON CHEVAL SUR-LE-CHAMP !
SALAUD !
NADYA... JE... JE...

VRRRRRRRRRR
ACCÉLÈRE, MON VIEUX, T'AS ENTENDU LES ORDRES ?
TU VEUX MA PLACE ?
HEU, ANTON...
QUOI ENCORE ?
JE... VIENS VOIR...
NOM DE DIEU !!

SHHKLAK

KHRRRRRRASHHHH

AAHHFF !

MAIS QUE ?! MAIS QU...?!
OUCH !
QU...
HEY, ENFIN RÉVEILLÉE !
ON EST DEHORS, NADYA.
QUE S'EST-IL PASSÉ ? JE NE ME SOUVIENS DE RIEN...
JE T'EMMÈNE EN BALADE. TOUT VA BIEN.

JE NE SENS PLUS MES DOIGTS...
C'EST... C'EST QUOI ?
C'EST JUSTE UN GROS FANTÔME, ON EST DANS UN CAUCHEMAR.
PROMETS-MOI DE RESTER CALME ET ON S'EN SORTIRA. REGARDE DROIT DEVANT !
SI TU CRIES, JE TE LAISSE SUR LE BORD DE LA ROUTE, PIGÉ ?
TU NE VAS PAS PLEURER TOUT DE MÊME ?
PRINCESSE TSARISTE N'A PEUR DE RIEN, NON ?

ABSOLUMENT ! COMMENT OSES-TU EN DOUTER ?
PAR CONTRE, JE SUIS SÛR QUE, PLATON, IL PLEURE DE FROUSSE, T'EN PENSES QUOI ?
HIHIHI !
ON EST ASSEZ LOIN MAINTENANT, JE VAIS MONTER. POUSSE-TOI !
ON VA POUVOIR DIRE ADIEU À CE SINISTRE ECTOPLASME...
EH BIEN ! MÊME TOI, TU AS PEUR FINALEMENT ?

NIKITA... SUR CE MONSTRE ?!
TU AS VOULU TE DÉBARRASSER DE TOUT LE MONDE D'UN COUP ! TU VAS ME LE PAYER...
SOLDAT, ARRÊTE ! C'EST UN ORDRE !
TU COMPTES LAISSER UNE PRINCESSE SANS DÉFENSE POUR TE BATTRE CONTRE CE SPECTRE ?
HEUREUSEMENT QUE TU ES LÀ POUR ME RAPPELER MA MISSION.

MMMH... CE SILENCE...
HEY, TOI ! LE LARBIN DE LUCIFER !
ON L'A REPÊCHÉ TOUT PRÈS D'ICI, CAMARADE NIKITA, IL DIT ÊTRE LE GÉNÉRAL...
DE LA GRANDE ARMÉE ! JE SUIS SERGUEÏ ZOUBATOV ! ET JE T'ORDONNE DE TE RENDRE !

PFF, AVEC QUOI ? AVEC QUI ? PAUVRE FOU !
TA PRINCESSE ET TON ARMÉE ONT ÉTÉ ANÉANTIES !
MON ARMÉE, OUI, MAIS PAS NOTRE PRINCESSE. ELLE A PU S'ENFUIR AVEC CET ANARCHISTE ! CE MIRACLE ANNONCE TON CHÂTIMENT ! REPENS-TOI !
TU, TU MENS...
NON.
IL DIT LA VÉRITÉ, HIHIHI !
DONNE PLUS D'ÂMES AU KOCHTCHEÏ, NOURRIS-LE, ET IL RESSENTIRA PLUS LOIN LES ÂMES ALENTOUR. ET LÀ, TU SAURAS OÙ TROUVER LA PRINCESSE.
HÉHÉHÉ...
BABA, J'AURAIS DÛ T'ÉCOUTER PLUS TÔT, EXCUSE-MOI...

CELA PREND DU SENS. TOUS CES ÊTRES VULGAIRES ET IMPARFAITS VONT ENFIN TROUVER LEUR UTILITÉ POUR SERVIR "LA" MACHINE...
LE CANON VA TIRER !
FUYONS !
ENFIN, IL NOUS ÉCOUTE, HIHIHI... MOINS ARROGANT ! PLUS D'ÂMES ! PLUS D'ÂMES !
VHRRRRRRRR
SHRAAAARK

SHRAAAAAAK

HAHAHA ! INCROYABLE ! JE LE RESSENS ! LE KOCHTCHEÏ GRANDIT. SA PUISSANCE S'ÉTEND !
TU AVAIS RAISON, BABA !
JE VAIS POUVOIR FRANCHIR TOUTES LES MONTAGNES, ANÉANTIR TOUS LES ENNEMIS.

ET NOUS AURONS PLUS D'ÂMES !
J'AIME BIEN TON PETIT JEU DE CACHE-CACHE... NOUS NOUS RETROUVERONS BIEN ASSEZ TÔT !
JE ME SENS PRESQUE IVRE ! IL ME FAUDRAIT POURTANT PARTIR À TA RECHERCHE, YURI, J'AI HÂTE DE VOIR TA TÊTE EN ME VOYANT !

JE REVIENDRAI PLUS TARD TE BOTTER LE CUL ! MAIS JE DOIS D'ABORD METTRE LA PETITE À L'ABRI...
CETTE CRÉATURE ME DIT QUELQUE CHOSE...
MAIS QUELLE HORREUR ! IL DÉTRUIT TOUT SUR SON PASSAGE.
C'EST LE GOLEM, LE KOCHTCHEÏ.
COMME DANS TES LÉGENDES DE COSAQUE DE MERDE.

TU NE PIGES PAS ? TON RÉGIMENT A ÉTÉ MASSACRÉ. C'EST TERMINÉ !
LÂCHE L'AFFAIRE… LAISSE CETTE GAMINE TRANQUILLE.
SI TU RACONTES CE QUE TU AS VU, PERSONNE NE TE CROIRA ET TU FINIRAS EXÉCUTÉ POUR DÉSERTION.
VIENS AVEC NOUS !
OUCH !!

NON.
C'EST TROP TARD POUR MOI.
ET DIRE QUE J'ÉTAIS À QUELQUES SEMAINES DE LA QUILLE... HAHAHA !
J'AI QUELQUES GRENADES EN RÉSERVE. JE VOUS FERAI GAGNER DU TEMPS... ADIEU !
IL MENT. IL N'A PAS DE GRENADE. NE DEVRIONS-NOUS PAS L'ARRÊTER ?
NON.
IL VIENT DE COMPRENDRE UN TRUC ESSENTIEL...
QUOI DONC ?

ON N'A QU'UNE SEULE ÂME, ET ELLE NE SE RACHÈTE PAS, NI NE SE BRADE.
OÙ VEUX-TU EN VENIR ?
DISONS, HUM... QUE LE REFLET DE NOTRE ÂME RÉSULTE DE L'ADDITION DE NOS ACTIONS. LES MAUVAISES NE SONT PAS EFFACÉES PAR LES BONNES... TOUT S'ACCUMULE AU MÊME ENDROIT.
COMME LES BRIQUES D'UNE MAISON ?
C'EST ÇA ! ET SI TU Y METS DES BRIQUES POURRIES, LA MAISON S'ÉCROULE.
MÊME SI ON EST DE LA FAMILLE SACRÉE DU TSAR ?
OUAIP, MAIS T'ES ENCORE PETITE ET T'AS LE DROIT DE TE TROMPER PARFOIS.
JE PENSE QUAND MÊME QUE LES TSARS PEUVENT RACHETER LEUR ÂME, ILS ONT BEAUCOUP D'ARGENT, TU N'AS PAS IDÉE.
SÛREMENT...

À SUIVRE ...